POESIA REUNIDA

Livros da autora publicados pela **L&PM** EDITORES:

Cartas extraviadas e outros poemas – Poesia
A claridade lá fora – Romance
Coisas da vida – Crônicas
Comigo na livraria – Crônicas
Comigo no cinema – Crônicas
Conversa na sala – Crônicas
Divã – Romance
Doidas e santas – Crônicas
Felicidade crônica – Crônicas
Feliz por nada – Crônicas
Fora de mim – Romance
A graça da coisa – Crônicas
Liberdade crônica – Crônicas
Um lugar na janela – Crônicas de viagem
Um lugar na janela 2 – Crônicas de viagem
Um lugar na janela 3 – Crônicas de viagem
Martha Medeiros: 3 em 1 – Crônicas
Montanha-russa – Crônicas
Noite em claro – Novela
Noite em claro noite adentro – Novela e poesia
Non-stop – Crônicas
Paixão crônica – Crônicas
Poesia reunida – Poesia
Quem diria que viver ia dar nisso – Crônicas
Simples assim – Crônicas
Topless – Crônicas
Trem-bala – Crônicas

Martha Medeiros

POESIA REUNIDA

L&PM EDITORES

Texto de acordo com a nova ortografia.

Também disponível na Coleção **L&PM** POCKET: abril de 1999
Esta edição: setembro de 2025

Capa: Ivan Pinheiro Machado sobre obra de Tom Wesselmann
Revisão: Luciana H. Balbueno

CIP-Brasil. Catalogação na publicação
Sindicato Nacional dos Editores de Livros, RJ

M44p

Medeiros, Martha, 1961-
Poesia reunida / Martha Medeiros. –1. ed. – Porto Alegre [RS]: L&PM, 2025.
176 p. ; 21 cm.

ISBN 978-65-5666-616-7

1. Ficção brasileira. I. Título.

25-99935.0 CDD: B869.3
CDU: 82-3(81)

Gabriela Faray Ferreira Lopes - Bibliotecária - CRB-7/6643

Rua Comendador Coruja, 314, loja 9 – Floresta – 90.220-180
Porto Alegre – RS – Brasil / Fone: 51.3225.5777

Pedidos & Depto. Comercial: vendas@lpm.com.br
Fale conosco: info@lpm.com.br
www.lpm.com.br

Impresso no Brasil
Primavera de 2025

Sumário

Strip-Tease
1985

1.

a ninguém ofereço meu vinho branco
não empresto minhas roupas mais caras
e são só meus os meus segredos

2.

era uma vez um gato chinês
que me chamou para comer um frango xadrez
no boteco onde ele era freguês

e eu, como gata vadia
topei porque sempre podia
e fiz dele meu prato do dia

3.

aquele monstro que você pensou que era
é um bobo covarde que só fala besteiras
vive dizendo que mata, estrangula, devora
mas quando muito enforca umas segundas-feiras

4.

sou uma mulher madura
que às vezes anda de balanço

sou uma criança insegura
que às vezes usa salto alto

sou uma mulher que balança
sou uma criança que atura

5.

eu penso conforme o tempo
eu danço conforme o passo
eu passo conforme o espaço
eu amo conforme a fome
eu como conforme a cama
eu sinto conforme o mundo

mas no fundo
eu não me conformo

6.

você
não sente a minha falta

e eu
sem ti

7.

nanci num dia diana
a ana me ama, me norma, me helena
serena, me ensinou a ver a verdade, vera
que dói menos que uma ilusão fausta

de tarde eu tenho tereza
e vivo uma magda magia
alegria, maria, calor de suor
de se ficar eduarda

quem dera denise
eu poder ser suzana
e ler lia muitas laudas
lauras

olga tem lindos olhos
olhe
e luiza tem luz
e alice tem paz

na cara karin eu quero
uma risada rosaura
um sono soninha de outrora
isadora, que namora isabel

neca de amor, ane versando a razão
coração, corália de canções
a musa musical de soraia
a saia de zélia

acabo de lena notícia letícia
caio de katia no chão
choro, clara
tetê temia meus medos

tenho medo da morte
tenho medo do mar
tenho medo de amar
tenho medo de marta

8.

quero um homem quente
que me queira beijar fundo e único
que me queira cheirar
mundo e tímido

9.

envelhecer, quem sabe
não seja assim tão desastroso
me interessa perder esta ansiedade
me atrai ser atraente mais tarde
um pouco mais de idade, que importa
envelhecer, quem sabe
não seja assim tão só

10.

eu mesma
não passo de uma pessoa apenas
e apenas quero ser uma pessoa sensata
mesmo com as trapaças das outras pessoas

ora,
eu mesma
me passo pra trás

11.

quanto mais escrava
mais escrevo
pra libertar essa mulher da vida
que me habita

12.

era uma vez uma foto em preto e branco
em que eu me via fumando um charo
com o olho vidrado em você
minhas mãos tinham algo de estátua
mas a cabeça vibrava que eu via

a boca entreaberta pedia
um beijo pra me tatuar

13.

descubro meus vícios assim
cheguei na cabana e pensei
sem tevê eu não fico
sem você eu não vivo

14.

bem que me avisaram
ficarás sozinha e mal falada
dolorida e abandonada
à mercê dos tubarões

mas não pude resistir
foi mais forte os calafrios
agora a ver navios
nunca mais os garanhões

15.

ele era gago, vesgo e mancava de uma perna
e daí? era gostoso, inteligente e tinha uma boca linda
sabia dizer coisas belas em horas estranhas
e chorava quando se sentia completamente feliz

16.

gravei tua voz no meu tímpano
vez em quando labirinto
faço que sinto, vez em quando minto
vinho tinto, amor rosé
você
vez em quando instinto

17.

a força de um ato
dura o tempo exato
para ser compreendida

depois disso é bobagem
vira longa-metragem
por acaso estendida

fora o essencial
nada mais é natural
vira apenas suporte

pena a vida não ter corte

18.

emoção, que traidora você me saiu
me desmente assim na frente de todos
me faz tomar atitudes ridículas
que eu sempre detestei e neguei e nem sei

emoção, que maneira de me deixar só
agora estou sem caminho e sem solução
que jeito brusco de expulsar a razão
que sempre me fala, me guia, sei lá

emoção, que bela fera você se mostrou
invade assim sem saber, se atravessa, domina
me agarra e sacode e balança e me enlaça
e eu já nem sei, sei lá, sou eu

19.

eu quero
amor piscina
que sobe e desce trampolins
cai e sai nadando
amor em que se afunda e simplesmente
          sai se amando

20.

o mistério me fascina
porque não me explica nada
não me dá satisfação
tá pouco ligando
pro meu cárcere

e eu fico imaginando uma resposta
uma invenção
para tirar sua força
qualquer coisa como ser um morcego
que não voa
e é um pássaro

21.

o caminho é este
tem pedra, tem sol
tem bandido, mocinho
tem você amando
tem você sozinho
é só escolher
ou vai, ou fica.

fui.

22.

amanhã vou estar mais suave
e quarta vai ser o meu dia
o fim de semana promete
domingo vai ter que dar sol
segunda vou acontecer
não posso perder o teu show
pro mês vou te visitar
é agora que eu saio de vez
que bom que eu vou te encontrar
amanhã vou estar mais feliz

23.

eu não sou nada disso
que você está pensando

por isso venha com calma
que eu conheço este tipo

quem quer acertar na mosca
acaba errando de sopa

24.

hoje eu sonhei tão alto
que as aves na minha janela pousaram
e pediram que eu sonhasse mais baixo
porque elas lá em cima voavam

25.

não devia te contar
mas se você guardar segredo
eu revelo este meu medo
de não saber amar

não devia te amar
mas se você guardar meu medo
eu revelo este segredo
que não sei contar

26.

a emoção que veio vermelha
virou saudade branca
e ficou a lembrança cor-de-rosa
do teu olhar azul
do meu sorriso amarelo
e daquele nosso desejo
tão cor da pele

27.

rock
me faz sentir
de preto
gostosa
me faz dançar o pelo
me pela
me faz sentar de cócoras

28.

vou andando devagar
olhando para um lado
para o outro
rindo ali, pensando aqui
de repente
vejo você na minha frente
e até pararia de andar
se você não fosse
estacionamento proibido

29.

porto alegre surpreende
vez em quando um lindo menino
vez por outra um fog londrino

30.

este sol não me engana
tá se pondo pra me pôr na cama

31.

quanto mais palavras saem de minha boca
mais me dou conta de que não sou eu que falo
pois o que penso não tem nada a ver
e o que faço já é outro papo
e o que pareço já nem sei contar

32.

me viu
        te vi
corei
        gostei
olhei
        cheguei
teus olhos
        teu sorriso
senta
        garçom!
amor
        pra dois

33.

tango ensaiado
boca pintada
só de danada
lasco um decote
profundo

rosa vermelha
batom maravilha
só de rasteira
lasco um pingente
na orelha

don't cry for me
segunda-feira

34.

sou uma gata
que cruza
outros gatos
na rua

quem vê gata
assanhada
logo fica
engatado

35.

minha cidade
ontem mesmo eu a vi
tem castelos, rainhas e sapos
paetês e farrapos
bares luares quintanas
tem poeta aos milhares
mulheres mundanas
pontes piratas patrões
serestas, violões
tem casas, sobrados, chalés
mansões, chaminés
tem Zés, tem dessas manias
tchês, escocês, nacional
marias, meu deus, como tem
umidade, esta cidade
insiste em estar dentro da lei
mas ela mesma se entrega
ontem mesmo eu a vi
pegando a free-way

36.

socorram-me
coloco
uma
palavra
em
cada
linha,
e
estou
sozinha

37.

eu quero em mim
uma pessoa
não muito assim
ou muito não
eu quero em mim
uma pessoa
geral
poucos muitos

mas muitas coisas
muitas vidas
pessoa assim
nem muito ou pouco
mas pessoa
em tudo e em todas
total

38.

quando começam as pontadas
fico paralisada de medo
raio-x dos meus devaneios
motivos de sobra pra doer

a febre aumenta a cada emoção
as batidas aceleram ao ouvir teu sono
sei que dormes enquanto agonizo
eu te odeio na escuridão

eu sei
é impossível sofrer a dois
de nada adiantaria tua preocupação

minha hora chega lentamente
e eu não pretendo te acordar
pra não te ver branco e sem voz
a me dizer adeus

eu não durmo, aterrorizada
porque a danada vem me buscar esta noite

eu espero, lingerie e lágrima
convulsão e testa suada
cabelos molhados, encharcados, pavor

são 4:20 da madrugada escolhida
hoje ela vem, hoje eu sei que vou
mas sem despertá-lo para o pesadelo em que estou

é hora agora
o arrepio chega mansinho, meu corpo esparrama
e na cama
me vem a definitiva surdez...

quinze pras oito da manhã
ainda não foi dessa vez

39.

não quero mudar o sobrenome
que carrego sustentando meu nome ateu
ele pode vir, eu deixo dormir na minha cama
mas não quero nada dele
que já não seja meu

40.

pois é
aqui estou
quem vier
verá que sou
o que restou
de uma mulher

41.

se vivo só
é marcha a ré
se nego o sol
só penso em mi

se sofro lá
ninguém tem dó
se você fá
eu quero si

42.

se você for
exatamente como imagino
igualzinho aos meus sonhos
eu vou embora
detesto desmancha-prazeres

43.

caprichei na meia-calça
preparei à meia-luz
irrompi à meia-noite

ficou tudo meia-boca

44.

quando dou pra ti
sou mulher

quando dou por mim
solidão

45.

estou assim tão melada de coisas
prontas
tudo começou a pouco
e já estou tão tonta...

46.

bicho-papão
viu moça em flor
e papoula

47.

strip-tease
compreender que a gente nasce
e morre e nasce
e morre
e nasce
todo dia

strip-tease
todo dia a gente nasce
pra noite

strip-tease
toda noite
ainda é o mesmo dia

Meia-Noite e um Quarto

1987

48.

não tenho mais idade
pra brincar de esconde-esconde
vem me pegar

49.

a juíza das minhas loucuras
é severa demais pra me inocentar

não cobra depoimentos
nem sopra os ferimentos da tortura

simplesmente decreta pra minha culpa
prisão domiciliar

50.

não me traia
nessas noites nupciais
em que sais com outras mulheres sem que eu saiba

51.

quero morar
no teu lugar comum
fazer previsões
improvisadas
crises pré-datadas
e ser dois em um
bem clichê
batom no copo
lingerie e Sinatra
bem eu e você

kitch por uma noite
adoraria

52.

bem que podia ser diferente
mas não foi e eu fiquei assim
pareço estranha mas comum demais
tão óbvia que surpreende a todos
puríssima que embriaga a voz
distante que se sente a pele
tão boa que nem satisfaz
gritona que se pede bis
voraz que se apaixona fácil
mentira que não engana mais
sei lá o que foi que eu fiz

53.

à noite
todos os gatos são pardos
e raros
perdida na noite procuro
leopardos
esses homens secretos que fogem
no escuro

54.

me recuso a dar informações
sobre o paradeiro das minhas ideias malditas
elas se escondem bem demais

só eu sei o caminho só eu sei
em quem dói mais

55.

minh'alma portuguesa
pois pois
não tem nada de Portugal
sou Inglaterra descarada
seca e civilizada
performance o dia inteiro
no peito
um coração underground

56.

odeio
a ignorância dessa aldeia

escapo pelas frestas
embarco em outros voos

já tenho minhas passagens
secretas

57.

way out
saída de metrô
South Kensington Station
você na cabeça
minha mente voou
um museu, um punk
uma saudade
falo inglês pensando em português
eu amo você
como você mudou

58.

amor por correspondência
tem problema de fuso horário
ele me entende tarde demais
eu desisto dele muito cedo

59.

minha boca
é pouca
pro desejo
que anda à solta

60.

sou uma mulher mais ou menos abandonada
um pouco me dou o direito
um pouco aconteceu assim
às vezes cansa ser independente
hoje me sustente não me deixe me alimente
quero alguém para pentear meus cabelos

sou uma mulher mais ou menos maltratada
um pouco por descuido
um pouco por querer
gosto da impressão esfomeada
às vezes cansa ser milionária
quero sair das páginas dos jornais
hoje me adote me faça um carinho deboche
me ponha no colo e abotoe minha blusa
me faça dormir e sonhar com o mocinho

sou uma mulher mais ou menos alucinada
um pouco foi o acaso
um pouco é exagero
hoje me expulse se irrite me bata
diga abracadabra e me faça sumir
às vezes cansa ser louca demais
mas gosto do medo que sentem
de se envolver com uma mulher assim
hoje quero alguém mais ou menos
          apaixonado por mim

61.

para encontrar as origens do meu rosto
muçulmano
revistei-me em aeroportos nebulosos
rasguei o véu que me encobria
descobri bombas e granadas no meu peito
tentei lentes azuis e corante no cabelo
nada feito explodi no bar da esquina

62.

sou impaciente
anuncio todos os meus atos
uma semana antes

63.

marquei um encontro com o destino
mas cheguei antes da hora e não deu pra esperar
segui outro caminho e fui dar o que falar

64.

eu passei por poucas e boas
ele por maus momentos

eu soube de sofrimento
ele quis relaxar e gozar

eu tentei novos caminhos
ele preferiu ficar sozinho

eu quase não via
ele pura alegria e descoberta

eu certa de que tudo daria certo
ele incerto e cuidadoso

até a hora que nos conhecemos
e tentamos uma coisa que só nós dois sabemos

65.

o que faço de bom faço malfeito
pareço artificial quando sincera
mera falta de jeito pra viver
sou a filha predileta do defeito

66.

aquele amor poderia ter me matado
como mata centenas de mulheres por aí

certos amores não passam
de uma bomba a ser desativada a tempo

67.

Miró me viu
gostou

recomendou Pueblo Español
artificial
ao Bairro Gótico preferi
Gaudí

no El Corte Inglês
comprei bobagens

do museu Picasso
El Viejo Guitarrista me contempla

que nome lindo
Barcelona

68.

o término da nossa relação
foi pra mim um choque térmico
não senti mais teu calor
nunca te vi tão frio

69.

se eu quisesse
sairia da cidade
moraria onde pudesse
deixaria saudade
partiria quando desse
não interessa a idade

andaria a esmo
descobriria ruas
iria sozinha
pediria abrigo
trabalharia à noite
viveria de dia
ouviria música
saberia línguas
pediria arrego
trocaria o nome
mandaria cartas
choraria às vezes
não envelheceria
perderia o rumo
cometeria erros

distribuiria beijos
arruinaria casamentos
visitaria museus
deixaria o cabelo crescer
sorriria diferente
montaria uma casa
viajaria em cargueiro

faria tudo isso
se eu quisesse mesmo

70.

foi então que ela viu no calendário
um sofrimento diário
uma dor que tinha número
e uma aflição já havia um mês

foi então que resolveu queimá-lo
e trocá-lo por uma ampulheta
que baixa a dor mais rápido
e mata o amor de vez

71.

a gente é meio on the road
só que muito mais moderno
adoro estar com ele e esse amor é único e insiste
sobrevive em nós um sonho torto
a gente se permite cafonices
e se finge de casal
mata o tempo na tevê e quando vê somos lençóis
morremos de saudade que não dói
ele dança na minha frente
e me atrai essa falta de jeito pra me amar
quando beija a boca me enlouquece
não posso recusar tanta meiguice
superfino bagaceiro engraçadíssimo
máximo de luxo me cobre de promessas
champanhe em Mônaco banho nus Mediterrâneo
instantâneo ele me pede em casamento
e eu aceito

72.

aquele poema em que saiu seu nome
não liga não é você
não vou te comprometer com a minha ilusão
foi erro de revisão

73.

quando bebo além da conta
minha língua fica esperta e meus olhos
brilham mais
quem me dera todo dia essa alegria de taberna

74.

uma nissei não sabe
tudo que sei
meus olhos arregalados
não piscam pra qualquer um
nem fecham pra qualquer medo

uma nissei
não sabe todo o segredo
periga guardar bilhetes
mas quieta comete enganos
decifra letras do mal
mal sabe meus vinte anos

uma nissei dança muito bem
mas sei que ela dorme cedo

75.

onde eu pretendo chegar
é um lugar que não se chama pelo nome

76.

donzelas medievais
não existem mais
hoje só existe a mulher
castidade e magia
cambraia, cetim
hoje
vou fazer o retrato falado de mim

primeiro salto
oito e meio
vestido pérola
e qualquer coisa enrolada no pescoço

choque e contraste
segredos mal guardados
tramas de inverno
manhas bem cedo
naquela época
eu tinha uma saia acima do joelho

e manias
convém selecionar certas regalias
adoro que me imitem

postura fashion
e transparências
invisíveis à noite
impossíveis de dia

uma mulher são várias
e uma só

mantenho um certo ar psicodélico
só uso batom e cajal
preto quando estou de preto
azul quando estou de mal

levo pouca coisa na bolsa
e levo sustos
quando me olho no espelho

uma mulher é uma só
mas são tantas

faço tudo o que todo mundo faz
ultrachique
só mudo os horários
vario os personagens
me divirto demais
ninguém percebe
alguém me cobre de flores
e redescubro a criança que está por trás
leio em francês
mal penteio os cabelos
e pago caro por tudo
caso contrário
faria tudo o que todo mundo faz

uma mulher
é muito mais do que ela sabe ser

e o resto são fantoches
broches na camisa
um clima dark
temperatura amena
e eu como tantas
serena

me contradigo
não faço o jogo da sedução
mas sei as regras

e o resto são fetiches
deboches
beijos em clima de happy end
repentes
champanhe às cinco
e assim brinco
pingente
sou eu mesma
esquisita e peculiar

uma mulher é uma só
e ninguém mais

77.

taça de champanhe
um disco rodando sempre o mesmo lado
crise
um telefone ao alcance da mão
um número decorado na cabeça
e uma aflição no coração

é aí que mora o perigo

78.

pisei no palco
pela primeira vez

pisquei pra alguém
na primeira fila

interpretei você
na primeira noite

79.

sou uma mulher esguia
pareço chinesa dobrando as esquinas
quando seguida
sumo na multidão

às vezes um pouco nervosa
não sei o que fazer com as mãos

levanto suspeitas no ar
carrego um revólver na bolsa
e um disparo no coração

80.

Marcelo é lindo
e não é porque tem olhos azuis ou um
jeito doce de ser

Marcelo é lindo porque é muito mais
porque sabe demais sobre coisas nebulosas
e enganos que a gente comete contra si

Marcelo é lindo porque tem menos idade que eu
sabe tudo de música, utopia e solidão
e sempre fica envergonhado se não gosta
de alguém

Marcelo é lindo porque tem o nome que tem
tem o cabelo, a boca e o sorriso dos marcelos
um céu por cima, um menino por baixo,
um ermitão

Marcelo é daqueles que ninguém conhece
e ninguém sabe disso nem mesmo uma mulher

Marcelo é daqueles que nos deixa sem jeito
de tanto ser o que a gente é

81.

feroz
minha voz te perturbou
dentro de ti ecoou
um animal acuado
a angústia de um longo
ramal ocupado

82.

nós que nos amávamos tanto
hoje estamos tão longe
sem rima, sem sono
nem lembro
de como eu te achava estranho

83.

parece que foi ontem
que você me convidou para sumir
morar numa cabana e viver de amor
sem freezer, forno de micro-ondas,
videocassete, teatro
restaurantes, butiques, viagens, aeroportos,
microfones
toca-fitas, disco-laser, piscinas, boates,
camarões
hidromassagem, aeróbica, vernissages,
free shop, rock'n'roll

parece que não fui

84.

quando chegar aos 30
serei uma mulher de verdade
nem Amélia nem ninguém
um belo futuro pela frente
e um pouco mais de calma talvez

e quando chegar aos 50
serei livre, linda e forte
terei gente boa do lado
saberei um pouco mais do amor
e da vida quem sabe

e quando chegar aos 90
já sem força, sem futuro, sem idade
vou fazer uma festa de prazer
convidar todos que amei
registrar tudo que sei
e morrer de saudade

85.

sente minha raiva canibal
te mordo te sinto te como
e como me fazes mal

86.

nem velas nem molho branco
hoje nosso jantar
acontece por baixo da mesa

desfias minhas pernas de seda
teu beijo promete mais tarde

jogo a toalha de renda no chão
me rendo

87.

ele corre
e abre a grande angular

eu foco a fantasia
e a gente ri que dói

ele Fórmula 1
eu capa da Playboy

88.

na vertical
sou uma mulher de classe
na horizontal
a mulher de alguém
palavra cruzada
sem resposta na última página

89.

fica combinado assim
você louco por mim
eu louca até o fim

90.

são tantos os canais do coração
que chegando em Veneza fiquei nua
descobri segredos que escondia de mim mesma
encontrei a saída dos meus becos disfarçados
chorei ouvindo jazz na Praça de São Marcos

91.

carecia explicação
tua boca calada
esse silêncio sem razão
tu não é mineiro nem nada

92.

minimalista
eu de minissaia

93.

em Paris
encontrei o homem da minha vida
nem me olhou

Jeu de Paume seis da tarde
se não fosse Degas Monet Toulouse Lautrec
ele me olhava

94.

duas longas lindas
pernas no divã
convido pro cinema o analista
e resolvo este problema
amanhã

95.

seria ótimo
se você baixasse o som e desligasse
esse canal
me tocasse como um disco importado
medo de quebrar
serve um pouco mais de vinho e vem deitar

96.

de um rali que escapei
quase ilesa
um pouco de lama na alma
e olho injetado de dor
descobri novas marchas
copilota de planos que não tinha
tirei meu nome do mapa
e segui a trilha sozinha

97.

tenho urgência de tudo
que deixei pra amanhã

98.

não deixo pistas nem marcas de mordidas
ficam sempre escondidas
as provas da inocência

99.

espelho, espelho meu
existe no mundo alguém
que reflita mais do que eu?

100.

gosto do jeito de amar a cavalo
solto as rédeas e me entrego
não nego nada a um puro-sangue

101.

depois de tudo o que falamos na sala
fiquei a ouvir teu ronco na cama
referencial diário do nosso casamento moderno

102.

me visto de vermelho
a raiva tem essa cor

uma lança na mão
uma mancha no lençol

São Jorge
um dragão
um sonho solto

estou pronta para enfrentar
meu inferno zodiacal

103.

todo conto de fada
faz de conta que não sabe

104.

as palavras criadas para definir
conseguem apenas complicar
signos diversos para demonstrar
o que um simples olhar poderia resumir

Persona Non Grata
1991

105.

dos habituais comportamentos
contemporâneos
optar é deles o mais desumano
escolher entre tantos
a quem vou amar
se telefono agora ou depois
ou não ligo
se insisto ou desisto
ou nem isso
peço demissão
fico grávida
troco de país
mudo de vida
(e que verso vem agora
o que inventar
para continuar sendo lida)
que saudade me fará o calor
caso venha a preferir o frio
e estando a escolha feita
nada me convence
ou tranquiliza
estou sempre de olho na outra margem do rio

106.

quando fala
é felliniano
como tudo que não entendo
não sei se italiano
ou romeno
se outro idioma ou dublado
intraduzível
este homem sem legendas

107.

foram tantas noites de insônia
roubando os poucos anos que tinha
perdi a conta dos prantos
contei carneiros e os dias
e os dias nunca passavam
ou passavam e eu não via
ficava um aperto no peito
nem tudo entendia como era
mas que era bonito eu sabia

108.

acho que não sou daqui
paro em sinal vermelho
observo os prazos de validade
bato na porta antes de entrar
sei ler, escrever
digo obrigado, com licença
telefono se digo que vou ligar
renovo o passaporte
não engano no troco
até aí tudo bem

mas não sou daqui
também
porque não gosto de samba
de carnaval, de chimarrão
prefiro tênis ao futebol
não sou querida, me atrevo
a cometer duas vezes o mesmo erro
não sou de turma
a cerveja me enjoa
prefiro o inverno
e não me entrego
sem recibo

109.

sou capaz dos gestos mais nobres
nem eu consigo me aceitar assim tão justa
chego a parecer loira, pálida e profunda
nada me detém, sou a dignidade em pessoa
ninguém diria que uma criatura como eu
pudesse ser tão boa, uma santa, uma alma
do outro mundo

mas se acordo atordoada, sou capaz de
armar um circo
solto fogo pelas ventas, não resmungo, grito mesmo
ninguém me aguenta, sou herege, estúpida,
ruim como o diabo
me escondo em qualquer beco, rabugenta
bem no fundo do buraco, a cara cheia de olheiras
argh! que eu sou de lascar quando eu quero

haja paciência ou sabedoria
ou pouco caso ou em ego imenso
ou isso tudo
para enfrentar o céu e o inferno a cada
vinte minutos

110.

você faz tudo para que os outros percebam
que você gosta de mim

e agora que estamos sós
você não tem dó e me deixa assim

por que você não me agarra
e dá um fim no que me atormenta

por que você não se senta
e me explica o que é isso enfim?

111.

pensei que bastassem palavras
pra me fazer entender
que nada
às vezes minha voz parece dublada
eu digo uma coisa, ele entende outra
fica tudo sem começo nem fim
quem dera eu pudesse contratar um dublê
pra terminar certas cenas por mim

112.

ele diz que me ama, deseja
me quer para sempre, me pede
para ser sua mulher, me corteja
me faz confissões, me venera
me entrega sonetos, me beija
implora meu sim, me calo
depois penso melhor, que seja

113.

tenho códigos secretos de relacionamento
pra me identificar neste mundo onde
        todos se parecem
adoro pronomes pessoais e sujeitos
        indeterminados
e trato deus por você nas minhas preces

114.

eu perguntava quantas foram
e você falava sobre o tempo
eu indagava quantas vezes
e você acendia outro cigarro
eu suplicava quantas mais
e você não respondia
pedia pra mudar de assunto
pra que pudesse mentir sobre outra coisa

115.

passei tanto tempo procurando as palavras
que resumiriam nossa relação
mas tudo o que encontrei
foi pontuação
exclamações, interrogações, reticências
muita vírgula no lugar errado
tremas e acentos desatualizados
aspas que deixavam tudo formal
e um ponto final pra lá de precipitado

116.

você chegou com uma nova versão
do passado
e mais que apressado
esqueceu
que o que passou
ficou do meu lado

117.

sim, é verdade, estou feliz
mas isso não significa
que não deva olhar pros lados
e que precise
acordar todo dia à mesma hora

sim, a princípio, nada me falta
mas não preciso em função disso
deixar de querer um pouco mais
e trocar os meus desejos
por outros que não lembro agora

sim, que me conste, eu estou bem
mas o espelho não é o mesmo todo dia
já não gosto tanto assim dos meus desenhos
e hoje não vou comprar morangos
e sim abacates, uvas e amoras

sim, pra que negar, estou alegre
mas não vou me conformar com calmantes
nem me embriagar de satisfação
não quero a morte lenta, exijo a renovação
a mim a santa paz não devora

118.

pra me conquistar
basta dizer tudo aquilo
que nunca ouvi de ninguém
vestir como homem e não como gay
me tocar sem medo, sem segredo
entrar e sair da rotina sem que eu note
me levar para lugares exóticos
e lugares comuns
saber ficar em silêncio e assim me dizer tudo
gostar de rock como eu gosto

e de coisas que eu não gosto
compreender a vida como é
e buscar o outro lado
saber a hora exata de ficar
e ir embora
mas não vá

119.

te alcançar
é como estar nas filas intermináveis de Moscou
quando chega a minha vez
acabou

120.

tinha na época pouco mais que
treze mas já sabia que as pessoas
mentiam às vezes e intuía que meu
destino seria melancólico caso eu
não tomasse uma medida urgente

inventei então de ser alguém
que atravessaria paredes e
sem que ninguém percebesse
colheria dados para um poema
que um dia escreveria
mesmo que você não lesse

mas você está lendo e agora
sabe tudo a meu respeito, a dor
que trago, o amor que sinto, a
fera doce que satisfaz seu maior
instinto e que não conhece nenhum
retrato mais perfeito

121.

não faz diferença
se você vem amanhã
ou não vem
desisti de esperar
por alguém
cuja ausência
me faz companhia

122.

você pra lá com seus cachorros
sua insônia de madrugada
sua mania de roer as unhas
suas brigas pelo telefone
e seus acessos de fúria e nostalgia

eu pra cá com minhas doses de uísque
meus porta-retratos, meus diários
minha luz acesa até tarde
minha tosse e meus suspiros
meu amor e loucura, minha alergia

você pra lá com seus sonhos de cowboy
com suas entranhas, sua família

eu pra cá com minhas filhas
meus desmaios e suor

você pra lá
eu pra cá

enfim, sós

123.

o que uma guitarra faz
nenhum rapaz comigo já fez

124.

a todos trato muito bem
sou cordial, educada, quase sensata
mas nada me dá mais prazer
do que ser persona non grata
expulsa do paraíso
uma mulher sem juízo, que não se comove com nada
cruel e refinada
que não merece ir pro céu, uma vilã de novela
mas bela, e até mesmo culta
estranha, com tantos amigos
e amada, bem-vestida e respeitada
aqui entre nós
melhor que ser boazinha é não poder ser imitada

125.

ele tinha acabado de dobrar a esquina
quando entrou numa livraria

eu estava saindo de uma loja de discos
onde havia escutado Schubert

ele escolhia um dicionário de rimas
mas estava incerto do que queria

eu parei diante da vitrine
mas estava incerta do que via

ele comprou o dicionário
quando o céu escureceu

eu entrei na livraria
quando a chuva começou

foi então que aconteceu

126.

dois, quatro, seis, oito
o par é tranquilizante

um, três, cinco, sete
o ímpar é o amante

127.

você não acredita como eu me importei com você
como eu reparava nos teus cacoetes, ouvia tua voz
e pelo tom eu percebia como andava o teu humor,
como eu sabia bem dos teus horários, teus macetes
eu poderia ter escrito teu diário, tanto eu
        te conhecia
dava para sentir de longe o teu cheiro,
        entender tuas manias
eu já estava louca de tanta nostalgia de você,
um rapaz que eu nunca vi, nunca falei, nunca toquei,
nunca soube se existia

128.

revendo assim rapidamente
nossa história inacabada
fica um mal-estar
uma coisa meio deprimente
parece que nada aconteceu
de importante
e no entanto foi bom pra nós dois
e antes do depois teve muito durante

129.

milionário
tem o controle acionário
da minha companhia

130.

tão urbana
de repente me falando
de galinhas, porcos, cavalos
fogos e figueiras
do ritual dos bois
no velório dos cachorros
no leite fresco
nas estrelas e nas primas
nos banquetes lá de fora
no frio, no vento
na emoção da natureza
andarilha
criança e nostálgica
romântica
verdadeira e surpreendente
minha mãe

131.

por mais que a tentação de repartir
se faça persistente
não tente transmitir em apuros
o que só você sente

132.

digamos que você não seja assim
tão seguro e inteligente como diz

vai ver me trai toda semana
leva pra cama minha melhor amiga
faz intriga a meu respeito
fala mal dos meus defeitos
garanto que não usa a gravata que dei

pode ser que você não goste
dos beijos que diz gostar
faz tudo só por fazer e me testar

vai ver não tem nem emprego
pede dinheiro emprestado
bate com o carro no meio-fio
você não tem nenhum caráter
passou por mim e fingiu que não viu

vai ver você morre de medo
de se olhar no espelho de dia
seu saldo está no vermelho
seu cão morto de fome
e você com raiva da vida

digamos que você não seja solteiro
e eu entrei numa fria

133.

companheiro tão distinto
meu querido e velho instinto
me conduz sempre sem pressa
nesse passo sempre certo que pressinto

134.

tá bom, eu confesso
não amei muitos homens
conheci pouca gente
fui demitida três vezes
nada deu muito certo
perdi minhas amigas
nunca tive dinheiro
sou fogo de palha
mas não espalha que eu nego

135.

puxei a manga da camisa um pouco pra cima
perto do cotovelo, e abri o botão calmamente
como se fizesse isso todo dia na tua frente
não te olhei como amiga nem professora
e não liguei para a pouca idade que tinhas
eu era mais madura e você mais coerente
tinha certeza de tudo mas não se mexia
passei a mão no teu cabelo
te beijei na testa, no queixo
beijei tua nuca e tua boca
e fui a primeira mulher nua da tua vida

136.

aquela hora que você me convidou para
    subir até o terraço
eu senti que não podia mais voltar atrás
sabe aquele aperto que dá, aquela vontade
    de fugir e ficar
naquele instante eu senti: não posso mais

e fui com você, não querendo pensar
em mais nada
já no elevador sua expressão mudou, me olhava
só eu sei como
e éramos só nós dois, ninguém mais, até o 16º andar
você não disse uma palavra até chegar
e foi lá em cima que eu senti como estava frio
e como a cidade havia crescido e como era bonito
e como eu tremia
você, como eu previa, não disse nada, só me olhava
eu já estava ficando angustiada, sabia que o encanto
quebraria
caso eu falasse alguma coisa
você mudo, quieto, com as mãos no bolso
talvez até mais nervoso do que eu
e eu então tomei a iniciativa, voraz, cheguei perto
de você
bem perto mesmo, e pensei
timidez, recato, moral, insegurança, orgulho,
machismo
descansem em paz

137.

fui vista em festas que não fui
esquiando na neve que nunca vi
e falando com gente que sequer conheço
incrível como minha vida evolui
nas horas em que não me pertenço

138.

tenho náuseas
e nostalgia

tomei uma aspirina
e a febre não passou

reli a tua carta
e quase morri de dor

139.

você teria ido sem mim
mesmo que eu não me atrasasse

você teria dito tudo aquilo
mesmo que eu não te ofendesse

você teria me deixado
mesmo que eu não propusesse

você faz tudo o que quer
mas sou eu que deixo tudo preparado

140.

tão profundamente triste
fiquei depois daquele beijo
que já não era desejo e sim hábito
de todos os nossos encontros

era verão e eu não sabia
que certas coisas não têm fim
passei noites em claro procurando entender
o que enfim não se explica
chamam vida e é assim

141.

não tente chegar na hora marcada
ele pode vir antes, ou chegar depois
o amor deixa sempre esperando

142.

começou com uma troca de olhares
uns ares de sedução
se quiseres, se puderes
uns plurais de romantismo
não me beijes, me namores
não fujas, não partas
já não podes me deixar
uns apelos singulares
eu te amo, tu me amas
uns acordes provençais
se não podes, não me iludas
uns traquejos familiares

tu és minha, de quem mais
uns que tais, uns nem venhas
uns não posso nunca mais
uns poderes andaluzes
não me traias, oh meu deus
uns adeuses prematuros
uns que outros absurdos
uns sinais de fim de linha
atitudes passionais
tragédias seculares
suicídios, ameaças
promessas indevidas
e tudo terminou
com uma troca de facadas
noticiaram dois jornais

143.

mesmo tendo juízo
não faço tudo certo

todo paraíso
precisa um pouco de inferno

144.

vou chegar atrasada
e distraída
como quem saiu do trabalho
e foi direto pro bar

vou pedir um hi-fi inocente
e olhar toda hora pro relógio
como se tivesse alguém
me esperando em outro lugar

vou rir bastante
manter um ar distante
e esquecer quanto tempo faz

vou perguntar pelos amigos
e se aceitar carona
deixar cair um brinco no banco de trás

145.

não tenho testemunhas
ninguém viu
aquele cara que me atropelou
e fugiu

146.

antes me adorava
depois me suportou
antes de me enlouquecer
você voltou
depois de muito papo
antes de amanhecer
você me amou
depois de muitos beijos
durante a madrugada
antes do nada que ficou

147.

no começo eu prestava atenção
em todas as palavras que você ia me dizendo
me custava muito acreditar que aquilo tudo
estava acontecendo
eu sentia que você não queria me magoar
escolhia cada letra e cada pausa e desviava o olhar
nas horas em que era inevitável dizer o que
pretendia

você pretendia me deixar, deixava claro
que juntos fomos ótimos parceiros mas
que de agora em diante
era cada um para o seu lado, e apesar da saudade
era assim que tinha que ser
você não respondeu minhas perguntas,
foi evasivo, gaguejou
fugiu do assunto várias vezes e quando
voltava era pra repetir:
não dá mais

não dá mais, não posso mais,
não vou deixar você tirar minha paz,
eu concordo

aceito, assino a separação, não vou fazer
        escândalo
e quando eu te encontrar com essa que
        tomou o meu lugar
(é evidente, não venha negar), vou ser
        civilizada
não vou quebrar os pratos nem te
        constranger
você não vai me reconhecer, não vai
        mais me proteger
não vai mais me amar, não vai mais
        telefonar,
não vai mais aparecer, não vai mais dizer
        meu nome,
não, eu agora já não estou te ouvindo mais

148.

pudesse eu viver tudo o que imagino
nem sete vidas me dariam tanto fôlego

149.

ah, mas é muito fácil escrever sobre o mar
diria alguém que nunca viu o mar como eu vi
que já nem era azul de tão profundo
que nem deste mundo parecia ser
e que nenhum mergulho conseguiria descrever

ah, mas falar sobre os pássaros até eu
diria alguém que nunca voou nem em sonhos
e que enxerga os limites que inventa
pois não há limites no ar
e na terra quem ousa limitar não voa mais

ah, mas rimar amor e dor quantos fizeram
diria alguém que fez também sem reparar
e que no ato de amar não atentou
para os mistérios e os nocautes que só a vida
com sabedoria faz rimar

150.

não quero saber quantas namoradas
que eu não descobri
silêncios e desvios que não percebi
nem quero saber
sobre aquele fim de semana que não te vi
do teu pouco caso com o meu sofrimento
de nenhum movimento a meu favor
de nenhum amor que eu me lembre

não quero saber
quantas mentiras pra me acalmar
quantos mares a navegar sem mim
que fim deram aqueles retratos
se aquele abraço era mesmo assim

não quero saber
quantos meses você me deixou
a delirar e quantos presentes me deu
sem escolher e quantos beijos foram dados
por dar

não quero saber dos requintes
de crueldade nem do momento
fatal

o que não se sabe
não faz mal

151.

se tocar James Brown e eu estiver de vermelho
se for madrugada e você meio bêbado
se não for o Brooklyn mas parecido
me chame de baby
me rasgue o vestido

152.

eu minto, confesso
me faço de boba, verdade
escondo a idade, me calo,
me sinto tão mal, um inferno
represento um papel, principal
sou mesmo uma atriz, infeliz
quem diz que eu não quero, eu consigo
viver por um triz, enlouqueço
te esqueço e te mato, te amo
atrás de um muro, qualquer
outro dia amanheço, de novo
e falo bobagens, pudera
não sou tão sensata, avisei
sem nada de mais, me despeço

153.

chegou na minha casa cheio de olhares
e poucas palavras
trouxe champanhe, sentou na cadeira
tentou me abraçar

me desculpei:
– hoje não que eu não ensaiei

154.

não espero de você o que já me foi dado
nem você conseguiria porque não é assim
tudo tão cronometrado

eu não espero que você me proteja
depois de todos os medos que eu disse não ter
você não teria como saber

não espero de você um abraço
que já foi desfeito faz tempo
você não faz ideia quanto

eu não espero de você
nem mais um dia de lamento
nem um momento como a gente já teve

seja breve, não me escreva
se sobrar algum afeto
seja discreto e me esqueça

155.

se eu pudesse te amar de dia
diria que você é meu sol
mas te amo tarde da noite
e não como eu queria
você é meu farol
e já não sei quem me guia

156.

de todos os versos de amor
as rimas e frases reinventadas
as jogadas de efeito
os subterfúgios e os haikais
anotações de diário
de todos os nomes que dei
para crises de adolescência
e carências plagiadas
de todo o minimalismo
clichês e letras de música
de toda minha literatura
você ainda é a melhor página

157.

não reconheci quando você
chegou sem muito alarde
ficou quieto no seu canto
e não falava nada
era tarde e você não parecia
estar muito à vontade
pegava o telefone e desligava

sem discar
eu sentia que você não estava bem
você estava apaixonado
eu não sabia bem por quem
e ela não correspondia
dava pra notar
pelo seu jeito de piscar demorado
de se manter atirado no sofá
sem fome, sem sede, sem sono
você não parecia um homem
e sim um cão sem dono
abandonado e não querendo mais nada
você não se conformava
deixava o rádio ligado
não fazia mais a barba
se punindo todo dia
por escolher outra vez
a mulher errada

158.

agora eu sei como se sente
uma noiva abandonada no altar
você podia tudo na minha vida
menos faltar

159.

ele odeia festas
eu adoro frutas
ele odeia figos
eu adoro frango
ele adora fiat
eu odeio fusca
eu odeio frades
eu adoro frascos
ele adora fêmeas
eu odeio fugas
ele adora frança
eu adoro londres

160.

você não imagina o que imaginei pra nós
transas nos lugares mais insólitos
poeira, estrada, bebedeira, arame farpado
sexo, cheiro azedo, línguas inquietas
teu jeito canastrão, eu meio vadia
ninguém é dono de ninguém, ninguém é de ferro
suspense, tudo muito suado, berros, vertigem
e uma gargalhada lá no finalzinho da história
ao nos vermos no espelho, casados

161.

estarei em torno dos quarenta
já terei passado pela Grécia e pelo Egito
e por algumas dificuldades
terei mais rugas, não morarei mais nesta rua
meus manuscritos estarão publicados
terei dois filhos e voltarei a ler os livros
que li na adolescência
terei um pouco mais de paciência, menos medo
da verdade e vou deixar de herança
um segredo enfim revelado

162.

você bem que podia ter surgido na minha vida
vinte anos atrás, quando eu ainda tinha planos
quinze anos atrás, quando eu estava me formando
onze anos atrás, quando eu morava sozinha
dez anos atrás, quando eu ainda era solteira
seis anos atrás, quando eu ainda estava tentando
dois meses atrás, quando sobrava alguma força
ontem à noite eu ainda estava te esperando

163.

no fundo sabemos
que somos todos loucos

ninguém em sã consciência
se regraria dessa forma

sem saber afinal
para onde iremos

ninguém repetiria os mesmos passos
e aceitaria tão poucas escolhas

medicina engenharia arquitetura
música teatro escultura
homeopatia hipnose acupuntura

ninguém
a não ser por loucura
seria casado ou solteiro
trabalhador ou biscateiro
gremista ou colorado

entre londres e new york
entre o álcool e a gasolina
entre a vida e a pantomima

quem de nós arriscará
uma outra alternativa
a essa altura?

164.

por mim
essa nossa novela
já teria acabado
sem reprise no sábado

165.

ele prefere as nórdicas
as ricas, as putas
as filhas das tias
letradas, peitudas
alunas da puc
solteiras, taradas

mulheres pudicas
peludas, escravas
as boas de cama
mulatas, mineiras
as freiras da itália
escocesas, peladas
as bem mal-amadas
aquelas que dizem te amo
e mais nada

166.

já que vim mesmo
vamos aos finalmentes
pra começo de conversa
não me toque, acabou
não tinha nada a ver
e eu já tenho outro
doa a quem doer
não venha com essa cara de choro
você sabia que isso um dia
iria acontecer
eu não tenho muito tempo
só vim pegar minhas coisas

e saber de você
tô te achando mais magro
a casa tá meio suja
você tem se alimentado direito?
embora eu não me arrependa
ainda sinto saudades daqui
lembra daquele domingo
esquece, deixa pra lá
eu só vim te avisar
pra me deixar no meu canto
toca tua vida, vai fundo
eu vou me virando
engraçado
parece que você que tá indo
e eu que tô ficando

De Cara Lavada
1995

167.

ficas mais distante, cada dia
cada noite, mais ausente
mais idoso, cada mês
cada instante, mais alheio
cada beijo, mais decente
mais fumante, cada ano
cada encontro, mais estranho
mais sofrido, cada vez
mais dolorido, mais parente
menos meu

168.

quem é você dentro de mim
que não teme a opinião alheia
que se alimenta de dinamite
que explodindo não incendeia
quem é você por trás dos meus atos
que quando concordo suspeita
que quando aceito discorda
que quando adormeço não deita
quem é você escondida em meu corpo

que arranca as folhas da agenda
que vive fazendo a minha mala
que não reconhece a minha letra
quem é você invisível no espelho
que sempre me despenteia

169.

há pessoas que perdem os óculos
o emprego, o ônibus, o fígado
rompem contratos, noivados
perdem a estreia do teatro
há pessoas que perdem a viagem, os amigos
rompem o nervo ciático
perdem a cabeça, a deixa, a memória
faturam cachês minguados
há pessoas que perdem dinheiro, fazenda, anéis
a missa das seis
rompem a noite atrás de motéis, de mulheres
que perdem o vestido, a calcinha, o pudor
há pessoas que perdem o valor, o isqueiro
perdem o lugar, o sono, o poder
corrompem o amor, perdem sua vez
há mães que perdem seus filhos
então não há mais nada a perder

170.

dois, três, quatro dormitórios
com suíte, jacuzzi e vista pro mar
closet, duas vagas na garagem
e um condomínio caro por mês

que me interessa granito, madeira de lei
lâmpadas halógenas e último andar
eu queria era morar num filme francês

171.

embarquei minha filha no navio
e disse, minha filha, vai
disse, minha filha vai descobrir
o que há do outro lado do mar
embarquei e disse, vai
minha filha, descobrir o que há
que não se pode contar
disse, vai e olha com teus olhos
o que amor nenhum pode detalhar
vai, minha filha, sonhar

e conhecer melhor o mundo pra melhor navegar
disse, vai, minha filha
atravessar fronteiras e encontrar
o que existe do lado de lá, eu disse
vai, que eu fico te esperando aqui
minha filha, eu fico te aguardando
eu disse, vai que eu guardo o teu lugar

172.

quando é que se decreta
é hoje que sou feliz
quando é que se diz
que se fez a descoberta
quando é que se é indiscreta
e se põe os pingos nos is
quando é que esta força motriz
finalmente liberta
quando é que a dor não aperta
e se deixa de ouvir Elis
quando é que os sonhos juvenis
de outro modo se interpreta
quando é que de forma concreta

eu deixo de ser uma miss
quando é que eu corto a raiz
e passo a sonhar desperta
quando é que se fica esperta
e se passa a viver por um triz
quando é que eu chamo os guris
e deixo minha porta aberta

173.

há mulheres
que têm diversos namorados
depois casam e têm diversos filhos e filhas
eventualmente um ou dois amantes
e chegam no fim da vida
sem nunca sentirem-se amadas como as artistas

há mulheres
que tiveram uns poucos flertes ligeiros
no máximo um amor platônico
não casam, não fazem filhos
cultivam meia dúzia de amigos
e nunca se sentem benquistas

há mulheres
que preferem ficar sozinhas
não amam senão viagens, plantas e espelhos
e no entanto os homens morrem por elas
largam a família, se atiram a seus pés
amam estas mulheres com o amor mais
puro que existe
e nem isso conquista

fraqueza, defeito
desvio cultural
herança genética, trauma de infância
carência existencial
vá saber a razão
para tanto
eu te amo ocasional

nenhuma mulher se sente
amada o suficiente
desista

174.

era verão ou qualquer troço assim
lua cheia ou algo parecido
uma saudade ou quase a mesma coisa
era amor ou mais ou menos isso

175.

foram exatos treze segundos
mais do que dura um orgasmo
menos que um comercial de tevê
"não posso mais viver com você
me apaixonei por outra mulher"
você disse pausado, com a voz embargada
e levou treze segundos
para dizer duas frases
tivesse mais pressa ou menos remorso
teria sido mais rápido
mas você estava angustiado
e levou treze segundos
pra desocupar meu lugar
como quem desfaz um negócio

tivesse escrito uma carta
haveria de ser mais sutil
tivesse telefonado
seria obrigado a um olá e a um adeus
mas olhando nos olhos
e sem divórcio ou fiasco
mudaste em treze segundos meu estado civil
desarrumando a vida
que eu havia inventado

176.

pra morangos, digo sim
pra ciganos, digo sim
pra candangos, digo não
pra fulanos, digo sim
pra sopranos, digo sim
pra capangas, digo não
pra moicanos, digo sim
pra romanos, digo sim
pra malandros, sim e não

177.

hoje me desfiz dos meus bens
vendi o sofá cujo tecido desenhei
e a mesa de jantar onde fizemos planos

o quadro que fica atrás do bar
rifei junto com algumas quinquilharias
da época em que nos juntamos

a tevê e o aparelho de som
foram adquiridos pela vizinha
testemunha do quanto erramos

a cama doei para um asilo
sem olhar pra trás e lembrar
do que ali inventamos

aquele cinzeiro de cobre
foi de brinde com os cristais
e as plantas que não regamos

coube tudo num caminhão de mudança
até a dor que não soubemos curar
mas que um dia vamos

178.

toda mulher tem um homem que se foi
um homem que a deixou por outra
um homem que a deixou por um câncer
um homem que nem mesmo a notou
um homem que a deixou por um ideal
um homem que sumiu num temporal
um homem que não passou de dois drinques
toda mulher tem um homem que se foi
um homem que foi pego em flagrante
um homem que prometeu um brilhante
um homem que saiu pra jogar
toda mulher tem um homem
que esqueceu de voltar

179.

aventura não é escalar montanhas
não é atravessar desertos
não é preciso bravura
aventura não é saltar de avião
não é descer cachoeira
não é preciso tontura

aventura não é comer bicho vivo
não é beber aguardente
não é preciso angustura
aventura não é morar em castelo
não é correr de ferrari
não é preciso frescura
aventura é tudo o que faz
uma pessoa tornar-se capaz
de abrir mão da loucura
aventura é ser mãe e pai

180.

eu tinha por ti amor
e ainda não havia lido
nem escrito nem vivido nada igual
eu tinha por ti um sentimento
que não havia sido previsto, intuído
não havia sinal de reconhecimento
por isso ainda deixo a porta aberta
não entra você, entra o vento
todo amor desconhecido
precisa se entender com o tempo

181.

cozinha adentro entrei chorando
pia, panela, geladeira no canto
coentro, louro, noz-moscada
desanimada fui fazer um molho branco
azeite, páprica, fermento
misturei lamento, sal e desespero
tempero, lágrima, pimenta
refoguei meu abandono em fogo brando

182.

é quarto crescente e já venero a lua cheia
o disco nem foi lançado e já sei a letra de cor
o sol ainda não nasceu e já estou estendida na areia
fuzilem-me, não há nada em que eu não creia

183.

ainda que eu não tenha idade
para sofrer por filhos que se foram
por doenças que vieram
por perdas e danos que sofremos
ainda que eu não precise
temer a morte que me espreita
os amigos que ficaram para trás
os desejos reprimidos para sempre
ainda que eu tenha tempo de sobra
não me resta mais sombra de dúvida

184.

aquele, porque é loiro
o perto da janela, porque tem olhos profundos
o de amarelo, porque parece carente
ali atrás, de barba, porque me deu bola
o de jaqueta de couro, porque adorei a jaqueta
à minha esquerda, baixinho, porque eu também não
sou alta

lá no fundo, cabisbaixo, por causa do silêncio
o que está fumando, porque tem conserto
o de aparelho nos dentes, porque um dia ele tira
aquele meio careca, porque tem seu charme
o de camiseta rasgada, até mesmo esse
mira, todo homem é quase perfeito

185.

não morro de amores
por pessoas sem mistério
quando se é muito transparente
muito risonho e educado
é raro ser levado a sério
prefiro os mais silenciosos
os que abrem a boca de menos
os mais serenos e mais perigosos
aqueles que ninguém define
e que sempre analisam os fatos
por um novo enfoque
prefiro os que têm estoque
aos que deixam tudo à mostra na vitrine

186.

uma amiga
tem embaixo do colchão
marco alemão

eu tenho mais do que dinheiro
em cima do colchão
um brasileiro

187.

silêncio, estou escrevendo
e não sei se destas palavras
sairá como mágica um poema
uma reportagem ou um recado
não sei em que se transformará
este grupo de sujeitos e advérbios
que buscam aqui reunidos
decifrar todos os meus medos
silêncio, estou me escutando
e quem fala são meus dedos

188.

o cenário, o oitavo distrito
cheguei às 3:20 da manhã
escoltada por dois policiais
para um encontro com o delegado

público muito restrito
três travestis histéricos
alguém que bebeu demais
e um casal visivelmente drogado

avaliaram o meu modelito
e me levaram pra cela
amanhã vai sair nos jornais
e nem tenho advogado

não sei qual foi meu delito
mas eles têm todas as provas
juram ser minhas as digitais
encontradas num homem casado

189.

é sempre uma grã-fina
a primeira a reconhecer
uma libertina

190.

o sentido da vida
é o que a gente sente

por um filho
que é a cara da gente

por um trabalho
que ocupa a mente

por um amor
que nos deixa doente

pena que isso não baste
por mais que se tente

191.

homens são como cofres
têm segredos guardados
mulheres são como ladras
precisam arrombá-los

192.

não há encanto que não se desfaça
não há disfarce que não venha à tona
não há madonna que não desmorone
não há sharon stone que não esmoreça
não há tão bela que não te coma
não há tão feia que não te mereça

193.

frente a um filho, somos santos
frente a um soco, somos fracos
frente a um rosto, somos meigos
frente a um doce, somos magros
frente a um bicho, somos gente
frente a um cego, somos raros
frente a um dote, somos pobres
frente a um pobre, somos caros

194.

a verdadeira mulher liberada
não é a que deita sem ser casada
que toma um drinque depois das seis
que fez plástica mais de uma vez
que dirige uma empresa privada
que sai à noite sem ser escoltada
que não é financiada pelo seu ex
liberada é quem recusa clichês
e não dá queixa por ter sido cantada

195.

foi um beijo onde não importava a boca
só tuas mãos quentes me apertando pelas costas
nada estava acontecendo na minha frente
e a ansiedade que havia não era pouca
teus dedos perguntavam pra minha blusa
se meu corpo acolheria um delinquente
descoladas as línguas um instante
minha resposta saiu um tanto rouca

196.

habito um castelo que cabe
na página dupla de uma revista semanal
não tem piscina nem árvores centenárias
mas tem eu cozinhando um espaguete
ele experimentando outro tempero
e nossa filha encantada nos provando
tem uma cortina que se abre
e deixa entrar o sol de fevereiro
tem um tapete que compramos outro dia
uma garagem entulhada de bagulhos

e nossa filha cantando no chuveiro
habitamos um castelo de verdade
que fica entre uma casa e uma igreja
não temos uma pia de granito
nem um lustre imitando os de Versailles
mas tem eu experimentando uma camisa
ele servindo outra fatia
e nossa filha alinhavando esse segredo

197.

casados, separados, viúvos, solitários
solteiros, namorados, enrustidos, incapazes
imprudentes, sedutores, inativos, infiltrados
portadores, divorciados, infiéis,
incontroláveis
desquitados, desnutridos, difamados, inquietos
insalubres, imorais, impacientes, virginais
enturmados, impossíveis, amigados, masoquistas
atirados, apressados, silenciosos, animais
fetichistas, perigosos, infernais, insaciáveis
precoces, previsíveis, machistas, tanto faz

198.

fica o dito
pelo maldito

199.

não passem batom nos meus lábios
nem esmalte em unhas que não crescem mais
nada de rímel em olhos fechados
nem beijos de despedida
serei um dia a mais pálida e forte
será da morte o encargo de me levar vestida

200.

jantamos, recolhemos a louça
desta vez não brindamos
não houve conhaque ou licor
nem beijo de boa noite nem amor
hoje é domingo
mas amanheceu segunda-feira pra nós dois

201.

o homem do campo
sem o apelo dos neons
dos elevadores e dos aviões
consegue olhar para dentro

o homem urbano
sem ovelhas, colheitas de arroz
sem figueiras nem estrelas
prefere espiar os outros apartamentos

202.

uma moça casou de manhã
como a atriz da novela havia feito
seu pretendente não era um galã
mas quase não tinha defeito

um homem casou apressado
para fugir do preconceito
mulher alguma era do seu agrado
de pernas depiladas não era afeito

uma balzaquiana casou com um vereador
que diziam não ser bom sujeito
tinha fama de ser mau pagador
que importa, ainda seria prefeito

um rapaz casou com uma garota
e ninguém entendeu direito
juravam que gostava de outra
dizem que gaguejou ao dizer aceito

uma menina casou com um senhor
que de um enfarto ainda não estava refeito
seu pai devia a ele um penhor
e lá se foi ela pro leito

casam-se fiéis e pecadores
porque fica melhor desse jeito
ninguém tem acesso aos bastidores
e o amor é um álibi perfeito

203.

cinderela insone
idade postiça
decote remunerado
recheio de silicone

coxas de paetê
oferta de camelô
bustiê bordô
carinha de fome

204.

inspirada
caio na velha cilada
de tornar lírico o miserável
concentro-me em rimas difíceis
construo imagens simbólicas
procuro ser respeitável
aí faço as piores burradas
não sei criar versos eternos
sou o azarão de todas as apostas
abandonada a literatura
hoje me detenho no que sei que tu gostas
os detalhes da minha última noitada

205.

amar em outro idioma
encurrala
quando se quer dizer sim
se cala
quando se quer dizer não
se embroma

206.

a primeira vez que partiu foi ao Uruguai
mas sentiu falta de um clima mais temperado
depois morou três anos em San Francisco
ainda era garoto e quase saiu de lá viciado
foi acolhido por uma holandesa sardenta
deixou em Roterdam um apartamento montado
tentou a vida na Áustria
mas sentiu-se pouco sofisticado
da temporada que passou em Estoril
herdou uma paixão doentia pelo fado
e de uma praia italiana chamada Alássio
todos lhe invejaram o bronzeado

trabalhou de porteiro num hotel em Marrocos
alguma coisa o deixou contrariado
se encantou por uma ilha da Grécia
na qual bem poderia ter ficado
apaixonou-se onze meses na Índia
fez um filho e por pouco não esteve casado
cada primeira vez que aportava
era como se houvesse voltado
cada novo lugar que descobria
havia um novo homem resgatado
quando já tinha setenta e poucos anos
nem tão jovem e já um pouco cansado
voltou para a casa onde nascera
finalmente havia chegado

207.

o amor
a gente espera
ele não vem
a gente busca
vem contrariado
deixa solto
vira refém

deixa preso
é amor obrigado
a gente libera
não vai além
a gente aprisiona
fica cansado
se deixa rolar
não pinta ninguém
o amor
a gente pensa que tem

208.

ele não é meu
porque não dorme comigo
mas também não é amigo
porque me beija e me vê despida
não é meu marido
mas telefona e reparte um passado
que eu queria também ter vivido
não é meu porque não tem roupas
penduradas ao lado das minhas
não tenho dele um retrato

não passa comigo um domingo
jamais ganhei um presente
que não fosse de seda rendada
eu sou a preferida
de um homem comprometido
queria não ser um perigo
uma bomba que pode explodir
e deixar outra mulher arruinada
ele é o terrorista
eu o alvo escolhido
preferia aceitar um pedido
fazer nada escondido
mas ele não é meu marido
não é namorado, não é bom partido
não pode andar ao meu lado
não sabe a que horas acordo
não racha as contas comigo
não fica para ouvir um disco
não é exigido, não é meu parente
e anda sumido
nada é mais deprimente
quando chamo seu número ela atende
e eu desligo

209.

já meio sem esperança
de encontrá-la depois dos quarenta
eis que um amigo me apresenta
uma mulher de trança

manteve-se meio à distância
mas já havia dito bom dia
e era mais do que queria
um coração que descansa

falava de maneira lenta
com palavras que ninguém alcança
suspeitei que era uma mulher mansa
dessas que não se enfrenta

quanto mais eu temia a aliança
mais ela me seduzia
um amor que não se comenta
diga que homem sustenta

fazia notar sua presença
como que distraída
sabia ficar isenta
do próprio pecado que inventa

quanto mais queria tocá-la
mais escorregadia
preso nessa paixão tardia
ninguém pagaria a fiança

enquanto meu amor arrebenta
seu olhar tripudia
quem é essa mulher que se ausenta
e ao mesmo tempo me tenta

é a mulher de trança
aquela que só se contenta
quando toda a imprensa
vem testemunhar sua vingança

não sabia que a mulher de trança
acabara de ter sido traída

210.

homens roubam
filhos matam
seios incham
corpos caem
rugas surgem
frases cortam
padres pecam
primos partem
bichos morrem
fetos nascem
tias mentem
ruas tremem
lutas cessam
céus abrigam
braços lutam
luas minguam
virgens casam
casas fecham
fechos abrem

211.

solidão que tanto temem
que tanto ignoram o bem que faz
sozinha não minto, não finjo
não causo nenhum escarcéu
sozinha não maltrato, não disfarço
não há pesquisa que me sonde
sozinha não retruco, não provoco
não deixo ninguém sem resposta
sozinha não julgo nem condeno
não trato ninguém como réu
sozinha não grito, não rogo praga
não renego meu deleite
sozinha não trapaceio, não peco
não falto nem chego atrasada
sozinha não sumo, não volto
não tenho presença notada
sozinha eu sou quem eu posso
sozinha eu faço o que quero
sozinha não há céu que me rejeite

212.

da janela da frente
vejo uma delicatessen
uma praça e o salão de beleza
onde faço permanente

da janela dos fundos
vejo o pátio da vizinha
com seu varal cheio de trapos
e um sofá vagabundo

da janela da frente
vejo crianças na calçada
saindo da escola com a empregada
de uniforme reluzente

da janela dos fundos
vejo crianças ranhentas
comendo com as mãos
e deixando o chão imundo

da janela da frente
vejo carros estacionados
e uma loja de importados
que todo bairro é cliente

da janela dos fundos
vejo a área de serviço alheia
escuto gritos histéricos
e há um cheiro de urina profundo

da janela da frente
vejo um prédio de vidro fumê
sacadas organizadas
e bares de adolescentes

da janela dos fundos
vejo o crime organizado
dezenas de delinquentes
cheirando e queimando fumo

da janela da frente
eu vejo o mundo

da janela dos fundos
eu vejo a gente

213.

não gosto de barcos
nem nada que flutue devagar
me faz falta uma esquina
uma rua para atravessar
uma escada, uma curva em frente
uma pista, um sinal de trânsito
me faz falta direção constante
um trilho, uma ponte, um meio de chegar
barcos ficam à deriva
e eu nunca afundo no mesmo lugar

214.

eu triste sou calada
eu braba sou estúpida
eu lúcida sou chata
eu gata sou esperta
eu cega sou vidente
eu carente sou insana
eu malandra sou fresca
eu seca sou vazia
eu fria sou distante
eu quente sou oleosa
eu prosa sou tantas
eu santa sou gelada
eu salgada sou crua
eu pura sou tentada
eu sentada sou alta
eu jovem sou donzela
eu bela sou fútil
eu útil sou boa
eu à toa sou tua

215.

parto do princípio
que todo parto é natural
nascer de cócoras, na água ou com fórceps
é nascimento igual
cirurgia computadorizada
ou dar à luz entre índios
todos no fim são bem-vindos
morrer é que não é normal

216.

casada, três filhos, arquiteta
não foi vista tomando um campari
na companhia de um turista alemão

senhor respeitável, discreto, comprometido
não foi apanhado em flagrante
com uma morena gostosa sem sutiã

filha de deputado, 17 anos, namorado firme
não foi surpreendida nos braços de outro
quando deveria estar na aula de inglês

senhora decente, viúva, cinquentona
não foi alvo de comentários
por hospedar na sua casa o marido de alguém

fidelidade é não contar pra ninguém

217.

abro a lata, como
como um doce, engordo
engordo a conta, gasto
gasto o tempo, sobra
sobra o rango, guardo
guardo a chave, perco
perco o sono, saio
saio à noite, chove
chove à beça, encolhe
encolhe a grana, peço
peço o nome, anoto
anoto a placa, esqueço
esqueço a fome, fumo
fumo o troço, apanho
apanho a gata, sumo

218.

tristeza é quando chove
quando está calor demais
quando o corpo dói
e os olhos pesam
tristeza é quando se dorme pouco
quando a voz sai fraca
quando as palavras cessam
e o corpo desobedece
tristeza é quando não se acha graça
quando não se sente fome
quando qualquer bobagem
nos faz chorar
tristeza é quando parece
que não vai acabar

219.

se contarmos todas as palavras que trocamos
daria para escrever um bom romance
eu nem te conhecia e contei meus absurdos
tu nem me conhecia e contou teus muitos planos
se contarmos todos os olhares que trocamos
daria para encher um lago inteiro
eu nem te conhecia e contei o meu passado
tu nem me conhecia e contou teu desespero
se contarmos todos os silêncios que trocamos
daria para povoar um edifício
eu nem te conhecia e contei meus vinte anos
tu nem me conhecia e contou teus sacrifícios
se contarmos todas as fantasias que trocamos
daria pra dizer que amantes fomos
mas o amor exige beijos e abraços
e não reconheceu o nosso encanto

220.

minha bisavó reclamava que minha avó era muito
tímida
minha avó pressionou minha mãe a ser menos
cética
minha mãe me educou para ser bem lúcida
e eu espero que minhas filhas fujam desse cárcere
que é passar a vida transferindo dívidas

221.

eu te amo, mas quero viver sozinha
eu não te amo, mas preciso dormir com alguém

eu te amo, mas sonho em ter outros homens
eu não te amo, mas quero ter um filho

eu te amo, mas não posso prometer nada
eu não te amo, mas prefiro jantar acompanhada

eu te amo, mas preciso fazer uma viagem
eu não te amo, mas me cobram uma companhia

eu te amo, mas não sei amar
eu não te amo, mas queria

222.

narcisismo do avesso
costumo não gostar
das pessoas com as quais eu me pareço

223.

vestidos muito longos e justos incomodam
o beijo dos galãs não tem sabor
e Hollywood fica longe demais
do meu supermercado favorito

ser bela e calma, quanta inutilidade
mais vale um bom olhar profundo
e uma vida de verdade

dois filhos de cabeça boa
um marido bem tarado
uma empregada chamada Maria
cinema de mãos dadas
um salário legal no fim do mês
aquela viagem marcada

novela, trânsito, profissão
sexo, banho morno, musse de limão

me corrijam se eu estiver errada
a realidade é nossa maior fantasia

224.

pois não, senhor
disse assim que viu todo encurvado
com aquele paletó surrado
o cliente que acabara de entrar

estava sentado ali na praça, mocinho
nada fazia, só relembrava
quando surgiu uma dor de cabeça danada
resolvi lhe procurar

pois não, senhor
já consultou um doutor?

pior que a cabeça é o estômago
nossa, como incomoda
ainda ontem, contrariado
dormi todo contraído

pois não, senhor
sal de frutas, conta-gotas, antitérmico?

para complicar minha situação
tenho pedra nos rins
não disfarce, pode ter pena de mim

pois não, senhor
drágeas, xarope, injeção?

não vou nem lhe mostrar minha garganta
tão inflamada que mal posso lhe contar
todas as doenças que tenho

pois não, senhor
pomada, colírio, expectorante?

bem se vê que não tens experiência, rapaz
pois cá estou nesta farmácia
feliz de poder conversar
mas pra não dizer que lhe tomei o tempo
com licença, vou me pesar

225.

o que era uma folha caindo
parece uma porta batendo
e só o elevador subindo
e ainda assim me surpreendo

os estalos da madeira
viram tiros no escuro
são só os pingos da torneira
e ainda assim me torturo

gritos, sirenes, gemidos
dão à noite outro rumo
são só os barulhos da insônia
e ainda assim não acostumo

226.

se você nunca levou um tiro
eu conto como é
não tem cronologia
primeiro o disparo, depois a dor
nada disso, você ouve o disparo muito depois
e bem fraquinho, só um eco
porque você não acredita no que aconteceu
aliás, esqueça a dor
tiro não dói
tiro é um impacto que você sente
e não sabe que é tiro
pensa que o sutiã arrebentou
que foi atingido pelo Cupido
que as artérias ficaram velozes de repente
você não sente o buraco que ficou
você não ouve sirenes
você sabe que algo aconteceu de importante
mas não é na morte que você pensa
você não repassa sua vida
como acontece com os afogados
você sabe que o tempo parou

mas não consegue chamar ninguém
a verdade é que você foi irremediavelmente
surpreendido
e é isto que é esquisito
todo o seu sangue converge para o mesmo ponto
lá onde ficou a bala
todo o seu corpo vai dar boas-vindas a este corpo
estranho
e você se contrai
você enfraquece
não raciocina como todo mundo
não articula a voz
ainda não há medo
e já se passaram quatro segundos
nada é rápido, nada é dramático
um tiro é o que há de mais definitivo
não machuca, não rasga
não estraga
é só o parto prematuro
de uma nova vida que te traga

227.

há quase meio ano
que não te vejo vibrar com um gol
que não falas nada do trabalho
que não fazes um comentário positivo
ou negativo
faz muito tempo que não ouço tua opinião
sobre um casaco na vitrine
sobre um artigo de jornal
sobre a morte de um artista
se vai chover ou não
qual foi a última vez
que você lembrou de um aniversário
diga qual é todo o meu nome
atenda uma vez o telefone
comente a sujeira do chão
faça qualquer bobagem
para mostrar que ainda está vivo
que alguma coisa ainda faz sentido
e que não existe só a televisão
transmita o que você sente
comente o fim da novela
fale do absurdo da prestação

diga se gostou do meu vestido
brigue com o zelador
elogie o feijão com arroz
se você não está mais aqui
busque seu corpo então

228.

no mesmo vagão, eu e alguém
conversa vai, conversa vem
chega a estação

lembrança vai, lembrança vem
meu coração
até hoje não desceu do trem

229.

entrei no teu apartamento, aquele ambiente sombrio
cujos móveis herdaram a poeira, solitários
não saía água das torneiras, a luz estava cortada
e as janelas imensas não davam pra nada

entrei no teu apartamento, aquele pedaço tão frio
cujos restos de pizza vagavam no assoalho
cujas cortinas do quarto não tinham mais cor
e o banheiro jazia silencioso no corredor

entrei no teu apartamento, aquele buraco vazio
onde uma cama restara sem colcha ou lençol
onde um tapete esfiapado dormia sob o chão
e o espelho atrás da porta refletia a escuridão

entrei no teu apartamento, aquele espaço servil
onde fios desencapados pendiam do teto
a umidade escorria e alagava a parede
e a memória, cansada, balançava na rede

230.

se ele nunca falta ao trabalho
queremos um homem que jogue sinuca
se ele nos ama acima de tudo
queremos um homem que atraia piranhas
se ele é limpo, bonito e cheiroso
queremos um homem com barba na cara
se ele traz flores, bombons e diamantes
queremos um homem que suma três dias

se ele chama por outra na cama
queremos um homem que decore poesia
se ele cospe na pia e come com os dedos
queremos um homem com brasão de família
se ele aos domingos aposta em cavalos
queremos um homem de gravata
se ele bate o telefone na cara
queremos um homem educado e comovido

toda mulher
é mulher de bandido

231.

a administração da minha vida amorosa
não anda como eu queria
o primeiro pretendente não pagou o que devia
o segundo, inadimplente, não entregou a
mercadoria
o terceiro, dependente, deixou minha
geladeira vazia
e o último, incompetente, não estava na garantia

abro amanhã meu coração
para uma auditoria

232.

que você tenha tido um derrame
uma anorexia nervosa, uma falta súbita
de memória
que tenha tido suores noturnos
taquicardia, febre, envenenamento
que tenha tido trombose, hemorragia,
pneumonia dupla
que tenha tido tudo isso ao mesmo tempo
um glaucoma, uma tuberculose
uma perfuração no abdômen
sou muito boazinha mas não aceito
qualquer desculpa

233.

se provoquei uma avalanche na minha casa
se remexi na tua carteira ontem à noite
se deixei de responder cartas sinceras
se menti pra minha prima a respeito da família
o que vivi, o que senti, o que inventei
está tudo misturado, já não sei em que acreditar

se escondi teu passaporte a fim de te reter
se manchei de sangue a camisola ao debutar
se rolei ladeira abaixo atrás de um brinco
        presenteado
se chorei enfurecida por ter sido injustiçada
o que vivi, o que senti, o que inventei
está tudo confundido, já não sei do que lembrar

se mastiguei a hóstia depois de comungar
se matei aula de física pra fumar no lavatório
se desertei do paraíso para me instalar na torre
se fiz coro em passeata e ganhei um dom de deus
o que vivi, o que senti, o que inventei
está tudo alinhavado, já não sei como datar

o que temi, o que engoli, o que enfrentei
está tudo embaralhado, o que penei, o que ardi
o que amei, está tudo assimilado, o que sofri
o que sonhei, o que perdi, está tudo
        engalfinhado
o que escrevi, o que ouvi, o que calei
está tudo amortizado, já não sei o que pagar

234.

simplificar
não exagerar os sentimentos
arriscar
não seguir os mandamentos
vivenciar
não mitificar os pensamentos
assimilar
não condecorar os ferimentos
reinventar
não copiar aos sete ventos
amamentar
não aprisionar os seus rebentos

uma mulher adulta
só conhece bons momentos

235.

de mim, que tanto falam
quero que reste
o que calei
que tanto rezam por mim
quero que fique
o que pequei
de mim, que tanto sabem
quero que saibam
que não sei

IMPRESSÃO:
PALLOTTI
GRÁFICA
Santa Maria - RS | Fone: (55) 3220.4500
www.graficapallotti.com.br